Cartas perdidas de una historia olvidada

Xaboss

Cartas perdidas de una historia olvidada

Xaboss

©**Cartas perdidas de una historia olvidada**
©Xaboss
ISBN: 97862895981-0-0
Diseño y edición: Ediciones Grainart
Diagramación: Xavier Camacho,
Ediciones Grainart
Revisión: Mónica Patricia Ossa Grain
Fotografía caratula:
https://leonardo.ai/
Ediciones Grainart
edicionesgrainart@gmail.com
Contacto: 3148685940
http://fundaciongrainart.blogspot.com/

Impreso y hecho en Colombia

Santiago de Cali – Valle del Cauca
Octubre de 2023

Dedicatoria

*Es imposible no ser grato con quien nos dio la vida
y por eso dedico este libro a Dios y aunque
discutimos mucho, sin su amor y su luz, esto sólo
sería un opaco sueño.*

Prólogo

Esta historia nace de la necesidad de mostrarle al mundo que las historias no sólo tienen una versión. El lobo no está marcado en la vida por ser carnívoro y estar siempre buscando una presa. Quiero que vayan mucho más allá de lo que creen y vean lo que existe. Quizás el final feliz sólo sea una utopía, pero vale la pena intentarlo.

Decidí darle vida a los personajes que estaban clavados en la rutina de las letras y que tengan la oportunidad de contar una historia distinta. Las oportunidades existen, aunque a veces las ignoremos.

CARTA #1

24/04/2017

Amada Caperucita,

Al principio sólo quería conocerte. Era mi carne la que pedía la tuya. Luego conocí lo que esa capa roja esconde y me enamoré de mi víctima. Yo no maté a tu abuelita. Ella se escapó con el cazador y están viviendo juntos en el bosque. No soy tan malo. No creas todo lo que dicen de mí. Los lobos podemos cambiar. Ya soy vegetariano y estoy ayudando a los tres cerditos, en la construcción y arquitectura. Te invito un café mañana y luego vemos qué pasa.

Sinceramente tuyo,

El Lobo Feroz

CARTA # 2

11/05/2017

Amada Caperucita,

Tomé una manzana de tu canasta. Me cansé de esperarte. Tenías que creerme y no dejarme abandonado en la casa de tu abuelita. La cama se enfrió y me fui al bosque. Ya no pueden matarme con una bala de plata en el corazón. Tú te encargaste de quitármelo. No sé dónde lo dejaste, aunque si lo encuentro, no creo que lo ocupe.

Siempre tuyo,

El Lobo Feroz

CARTA # 3

17/05/2017

Estimada Caperucita,

Ya no puedo llamarte amada por respeto a mi presente. El tiempo pasó y nunca me quisiste escuchar. Un día de esos tantos que pasaba perdido en el bosque, pensé que eras tú, una chica que vi con una capa roja y me acerqué con la ilusión que me llevaba volando. Era Blancanieves. Nos estamos conociendo. No sabe todo lo que dicen de mí y piensa que soy lindo. Espero que estés bien y te deseo lo mejor en tu nueva relación. Ya no puedo decirte que soy tuyo, aunque aún tienes una parte de mí.

Saludos,

El Lobo Feroz

CARTA # 4

24/05/2017

Querida Blancanieves,

Ha pasado el tiempo, pero mi corazón nunca avanzó. Te agradezco por no juzgarme ni preguntar por mi pasado. Sin embargo, has leído el cuento y sabes que el final no tiene un -y vivieron felices para siempre-. Nos arriesgamos, nos amamos y puedo decir que, por un momento, llegué a creer que esta historia funcionaría. Gracias por entenderme y enseñarme que, aunque de las heridas quedan cicatrices, el dolor no es para siempre.

Con cariño,

El Lobo Feroz

CARTA # 5

28/05/2017

Amado Lobo Feroz,

Mi abuelita escondía todas las cartas. Recién las leo y te escribo para decirte que siempre te amé. Todos me decían que tus mentiras me matarían y que sólo querías darle a tus ganas un final en mi piel. Entiendo lo de Blancanieves. Yo también traté de olvidarte, pero mi corazón le daba la espalda a todos mis intentos. Ojalá que pueda saber más de ti porque tu silencio sólo aumenta mi agonía.

Simplemente tuya,

Caperucita Roja

CARTA # 6

02/06/2017

Querida Caperucita,

No puedo decirte que alejarme fue un error. No sabía nada de ti y tu abuelita me dijo que me habías olvidado. Mis noches eran tuyas, aunque no podía quitarle a mi piel las ganas de borrarte. Blancanieves supo cuidarme, pero yo quería morir a tu lado. ¿Quisieras tomar un café? Prometo mantener mis garras en mis bolsillos.

A la espera de tu respuesta,

El Lobo Feroz

CARTA # 7

04/06/2017

No muy querido Lobo Feroz,

He visto llorar a mi Caperucita por ti. Por favor aléjate. Tú no eres vegetariano. Nadie cambia. Sólo se portan distinto hasta conseguir lo que quieren. Debí quemar tus cartas y decirle a mi nieta que una bala de plata te mató. ¿Si ya estabas con Blancanieves, por qué regresaste? El bosque es inmenso. Ya tomaron rumbos distintos. No hagas que hable con el cazador y llévate tus mentiras lo más lejos que puedas.

Respetuosamente,

La Abuelita

CARTA # 8

10/06/2017

Amada Caperucita,

Disculpa que me adelante a tu respuesta y vuelva a decirte amada, pero te extraño tanto, que acorto cada día con la idea de volverte a ver. Sé que tu abuelita no me cree y que prefiere un príncipe azul para ti. Te juro que mis colmillos están limpios de carne. No he mordido a nadie y mis garras sólo las uso para escribirte. Si muero en el intento y una bala me alcanza, recuérdame como tuyo porque jamás dejé de pensarte.

Siempre tuyo,

El Lobo Feroz

CARTA # 9

13/06/2017

Estimado Lobo Feroz,

No soy de este cuento, no obstante, yo también me enamoré de lo imposible. Para nosotros no hay final feliz. La mujer que amo llora todas las noches en su cuarto, esperando que llegue su príncipe azul y a mí me busca sólo para que le dé fuego. Entiendo tu dolor y espero que Caperucita acepte tomar un café contigo, pero de lo contrario, recuerda que amar no es capturar a la presa, sino cuidarla e incluso; a veces, desaparecer para que ella siga su camino.

Tu amigo,

El Dragón de la Torre

CARTA # 10

18/06/2017

Estimado Lobo Feroz,

Puedes estar tranquilo. No voy a dispararte. La Abuelita está en tu contra, pero debes entenderla. Ella está cuidando a Caperucita. Sé que no eres malo y no puedo juzgarte por tu pasado. He conversado con los tres cerditos y me dicen que has cambiado. Me iré con la Abuelita al otro bosque. Le diré a Caperucita que te escriba. Espero que puedan estar juntos. El amor no se fija en las diferencias y ustedes son tan distintos que se complementan.

Pendiente de tus noticias,

El Cazador

CARTA # 11

20/06/2017

Querido Lobo Feroz,

No he sabido nada de ti desde el día que te fuiste. Hoy me enteré de que te quieren matar. Me lo contaron los enanitos. La Abuelita puso por todo el bosque tu foto y da una recompensa por tu cabeza. Ahora que no estás a mi lado, entiendo cuánto amas a Caperucita. Arriesgas y dejas todo por ella. Moriría en tus colmillos mil veces, pero sé que no te quedarías. Tu corazón siempre supo dónde debía estar. Nosotros fuimos dos ilusos queriendo escribir en el viento de un cuento que ya tenía un final.

Agradecida por todo,

Blancanieves

CARTA # 12

23/06/2017

Querido Lobo Feroz,

No te he querido escribir porque sé que estás mal. Entre príncipes, sapos, bestias y tu ausencia, conocí a alguien más. No sé si me enamoré, pero al menos estaba tranquila. Me encantaría decirte que si quiero verte. Tus garras y colmillos marcaron mi piel, aunque cada vez que te perdías en el bosque, me dolía esperarte.
El cazador me dijo que te escribió. Creo que lo mejor es olvidarnos y si fui tuya y tú mío, conservar los recuerdos. A veces es mejor amar a la distancia y en silencio para no atormentar al corazón.

Desde el alma,

Caperucita

CARTA # 13

25/06/2017

Respetado señor Lobo Feroz,

Lamento escribirle, pero creo que es mi responsabilidad hacerlo. Conocí a Caperucita en el bosque y aunque ella lo estaba buscando a usted y yo me comprometí a ayudarla, me enamoré de ella. Sé su historia y no le pido disculpas por tratar de conquistarla. Usted tuvo su momento y hoy su ausencia ha sido mi mejor ayuda. Ya no llora tanto como antes. No puedo decir que lo ha olvidado; sin embargo, es mi mayor deseo. Le pido que se aleje y que si realmente la ama, déjeme amarla.

Sin nada más que añadir,

Sir Robin de Locksley

CARTA #14

30/06/2017

Querida Caperucita,

Tan pronto supe tu historia, decidí escribirte. No quiero que cometas mis errores. No puedes vivir tan sólo fingiendo ser feliz. Algún día te cansarás y harás más daño del que estás intentando evitar ahora. Tienes la paz de un lado y el amor del otro. Recuerda que no todas las espinas lastiman, ni todas las rosas huelen bien por dentro. Acepta ese café y deja que la gente hable. Jamás sabrás lo que es el amor, si no amas.

Con la esperanza de que le escribas,

La Bella de la Bestia

CARTA # 15

02/07/2017

Querida Hada Madrina,

Te escribo desesperado. Dudo si tengo el alma en el piso o me la guardaron en el infierno. Quisiera no tener, ni garras, ni colmillos. Quisiera ser todo lo que ella desea. Ya no hay balas de plata en el pueblo. Todas las compraron para matarme y aunque sé que mi piel no es de caucho, no me importaría sangrar por mi amada. Lo malo es que ya no sé si es mía. ¿Tienes alguna pócima mágica para retroceder el tiempo? Quizás debo dejar de buscar a Caperucita. Quizás la pócima debería ser para olvidar y no para retroceder.

Totalmente confundido,

El Lobo Feroz

CARTA # 16

05/07/2017

Estimada Caperucita,

Me escribió el Lobo Feroz y me habló de ti. No le puedo decir que tú ya me habías relatado lo que realmente pasa. Tienes que contarle la verdad. El silencio o un cuento distinto tan sólo alargan el final que quieres evitar. Mis pócimas funcionarían, pero ambas sabemos que no es lo mejor. Acepta ese café y cuéntale todo.

Tu confidente,

El Hada Madrina.

CARTA # 17

09/07/2017

Estimado Lobo Feroz,

Viví tu historia y aunque no tenía colmillos ni garras, mi pasado me alejaba de mi amada. Aprendí que conquistar no es cazar y que amar no es exigir. Te prestaría al Genio y sus deseos, pero si Caperucita no quiere verte, ni así fueras aire, ella te respiraría. Ambos tomaron otros rumbos y escribieron varias líneas con otros personajes. Deberías aceptar su distancia y su silencio. A veces necesitamos morir en un cuento para tener un final feliz en otro.

Tu amigo,

El Príncipe Aladino.

CARTA # 18

11/07/2017

Querida Rapunzel,

¡No sé qué hacer! No quiero perder al Lobo Feroz. Saltaría a sus colmillos y no me importaría morir si supiera que al menos por un instante estaré en el cielo. Por otro lado, tampoco quiero lastimar a Sir Robin. Él supo cuidarme y aunque no lo amo, siento que soy suya. Tengo miedo de que el Hada Madrina le cuente todo al Lobo. Quisiera aceptar ese maldito café y ordenar mis palabras, pero su mirada aún alborota mis ideas y sé que le mentiría otra vez.

Sin saber que hacer,

Caperucita

CARTA # 19

16/07/2017

Querida Caperucita,

Disculpa que te escriba, pero quiero que tu final sea distinto al mío. Aunque faltan páginas en mi historia, muchas boté a la basura y esas no se reciclan. Cenicienta me contó lo que hablaron y lo que callas también. No siempre fui mala, sin embargo, dejé de usar mi corazón para cuidarlo y se enfrió tanto, que el amor no podía vivir en él. Sólo acepta ese café. Quizás el Lobo simplemente sea una página más, pero por favor léela.

Con Cariño,

La Madrastra Malvada.

CARTA # 20

21/07/2017

Estimado Sir Robin,

Lamento escribirte y esquivarme de tu presencia, pero hay situaciones que a la distancia duelen menos. Debí quedarme sola y no poner en tus hombros mis problemas. No cambies por mi estupidez, ni dejes de amar por mi frialdad. Nuestra historia tenía menos tinta que una pluma vacía. Gracias por limpiar el desorden y no preguntar más de lo que te contaba.

Con Cariño,

Caperucita Roja.

CARTA #21

23/07/2017

Estimado Lobo Feroz,

Me cansé de verte esperar a Caperucita. Ella debió entender que naciste con garras y colmillos. Nunca lo aceptó y simplemente buscó una excusa para abandonar el bosque y mudarse a un castillo. Yo la vi con su abuelita pegar los papeles en los árboles pidiendo una recompensa por tu cabeza. Caperucita es más peligrosa que una bala de plata. El amor es tan irreal como tu final feliz.

Sinceramente,

Pinocho

CARTA #22

25/07/20217

A quien interese,

Se pueden ir todos a la mierda. Dejo esta carta pegada en este árbol, junto al papel donde le ponen precio a mi cabeza. Si quieren matarme, pueden hacerlo. No se puede morir dos veces y sin Caperucita yo no tengo vida. He recibido tantas cartas y yo sólo pido un café. Si me equivoco, quiero hacerlo con ella. Acostados en la cama y mirando al techo, diríamos que no habrá un final feliz, pero tendremos una historia para recordarla.

Atentamente,

El Lobo Feroz

CARTA # 23

29/07/2017

Querido Lobo Feroz,

Primero pensaba matarte y reclamar la recompensa, pero leí la carta que dejaste en el árbol y prefiero invitarte a que te fugues conmigo. No soy ni reina ni princesa. No me gusta el café y prefiero algo más fuerte. Sé que todos tenemos un pasado, a veces claro, a veces oscuro. Sin embargo, si muero entre tus garras y colmillos, será sin aliento y esa idea me gusta más que hacerlo de monotonía. Olvídate del café y acepta un tequila. Con las ganas en la maleta y un pasaje extra,

Gretel

P.D
No prometo un final feliz, pero haré hasta lo imposible para que lo tengas y si te faltan hojas, puedes escribir en mi piel.

CARTA # 24

05/08/2017

Querida Abuelita,

¡No aguanto más! Se me sale de los labios todo esto que tengo guardado. El Hada Madrina ya lo sabe y prefiero un café con mi Lobo a que una vida sin él. Sé que sus colmillos pueden estar manchados y que sus garras atraparon otros sueños, pero ni nuestros errores nos ayudaron a olvidarnos. Déjalo en paz, que si no me mató cuando pudo, no la hará ahora que me ama. Amarlo no es sumarle hojas a mi vida, sino leer lo que el destino ha escrito de nosotros.

Esperando tu comprensión,

Caperucita Roja.

CARTA # 25

10/08/2017

Estimado Lobo Feroz,

Antes de tomar un café o un tequila, debes saber algo que te están ocultando. Yo lo sé todo y lo veo todo, pero no puedo decirlo. Una bala de plata oculta entre palabras y silencio. Ojalá que la verdad abra tus ojos y no detenga tus pasos.
Sólo recuerda que los orgasmos no vienen con puntos suspensivos y que la eternidad no siempre dura lo que planeamos.

Saludos Cordiales,

El Espejo Mágico

CARTA # 26

14/08/2017

Estimado Dragón de la Torre,

Ya no sé si un café podrá calentar mi alma o si la solución sea encender mi cuerpo con un tequila. Amar no es otra cosa que tener un hogar, así dure segundos en otro corazón y poder descansar de la tormenta. ¿Podré vivir sólo siendo el fuego de una hoguera que quema en las noches? El tiempo es eterno cuando la respuesta no es clara y cada día que pasa es otra odisea entre los recuerdos y lo incierto.

Tan confundido como desesperado,

El Lobo Feroz

CARTA # 27

16/08/2017

Querida Gretel,

Tu carta ha sido mi insomnio. No dejo de pensarte, pero temo lastimarte. Aunque sólo quieres una noche y un tequila, no puedo permitir que mi piel se escape, mientras que mi corazón sigue perdido. Lo más fácil sería desgarrar tus deseos y que mis colmillos marquen tu espalda. ¿Y si me confundo y digo su nombre? No le demos a esto un inicio porque el final sería tan pronto que nos sobrarían palabras.

Con cariño,

El Lobo Feroz

CARTA # 28

19/08/2017

A quien interese,

Tenemos encarcelado en nuestro calabozo al Lobo Feroz. Lo encontramos inconsciente en el bosque. En su poder sólo tenía unas cartas y una botella de tequila. Sabemos que lo quieren matar; así que, se quedará aquí por su seguridad. Solicitamos a los involucrados, dejar sus armas. Las personas pueden cambiar, pero sin oportunidades para demostrarlo, sus buenas intenciones son un grito sin voz. No apunten al cuerpo si no saben lo que hay en el corazón.

Saludos Cordiales,

La Guardia Real

CARTA # 29

24/08/2017

Estimada Guardia Real,

Conocemos que el Lobo Feroz ahora es vegetariano y no es el villano de los cuentos. Si lo encontraron no fue porque estaba perdido, sino porque estaba cansado. Caperucita quiere verlo, pero primero debemos contarle algo. Hay historias que no tienen final y cada punto suspensivo se vive como que si fuera el comienzo.

Cordialmente,

Los Siente Enanitos.

CARTA # 30

27/08/2012

Querido Lobo Feroz,

Te perdiste con la botella de tequila y me dejaste con el deseo atrapado en mi vestido. No voy a criticarte porque yo también he dejado bajo candado a mi piel, cuando sólo quiero hablar con mi corazón. Entiendo que tus líneas no se cruzan con mis puntos, pero me encantó la idea de escribir juntos. Ojalá que Caperucita sea tu final feliz y recuerda que siempre estaré para ti; no esperándote pues sé que no eres mío, más las ganas no se quitan con el olvido.

Siempre atenta a ti,

Gretel.

CARTA # 31

02/09/2017

Estimado Lobo Feroz,

Supe lo de tu arresto y tu cuento es el mío. Quizás con menos puntos y más lágrimas. Amo lo que el destino me quita y también me hice vegetariano. Ya no sé si esperar a Ricitos de Oro o ser el animal que usa sus garras con todas las osas. No me han ofrecido tequila ni me gusta el café. Yo sólo quiero una sopa caliente junto a mi imposible. Amigo, no sé si debemos olvidar y regresar al bosque o seguir esperando que nos abran la puerta. A veces cuando ya no tenemos una pluma para escribir, no nos queda más que leer lo que nos pone el destino.

Con aprecio,

El Hijo Oso

CARTA # 32

8/09/2017

Amada Caperucita,

¿Bastará con tomarnos un café? Decir que el destino nos alejó sería lavarnos las manos y lanzarle una piedra a nuestras promesas. Sé que ocultas algo, pero no puedo acelerar mi respuesta. El bosque no nos hizo daño; dividió nuestra historia para darnos un final distinto a cada uno, más yo nunca boté nuestra hoja y aunque hoy esté doblada y un poco arrugada, aún podemos escribir en ella. Me advirtieron que no salga de la cárcel, que apuntan balas de plata a mi pecho. Sin embargo, perderte otra vez, sería otra forma de morir. Espero verte pronto.

Sin importar tu respuesta, siempre tuyo.

El Lobo Feroz

CARTA # 33

16/09/2017

Estimado Lobo Feroz,

Lamento todo lo que hice y aunque mi voz pueda perderse en el rencor por mis acciones, me gustaría decirte que me disculpes. Le di todas tus cartas a Caperucita y ya no doy recompensa para que te disparen. Quizás la que murió fui yo y no se necesitó de una bala de plata para hacerlo. Aún no es tarde para ese café y si el agua se enfrió por esperar tanto, con amor seguramente la podrán calentar.

Sinceramente arrepentida por todo,

La Abuelita.

CARTA # 34

24/09/2017

Estimado Lobo Feroz,

Si ya saliste de una cárcel, no deberías meterte en otra. Recuerda que la piel pesa menos que el corazón. No te digo que llenes de borradores tu historia, pero a veces es mejor ensayar la letra, antes de escribir en una hoja nueva. Quizás ese café necesita un poco de tequila.

Con todo mi aprecio,

El dragón de la Torre.

CARTA # 35

01/10/2017

Amado Lobo Feroz,

¡Sí, mil veces sí! Acepto ese café, acepto nuestra historia, acepto tu vida. Vegetariano o carnívoro, si tus garras y colmillos son míos, estoy tranquila. Debo contarte algo muy importante y aunque pueda distanciarnos, si lo descubres por otro lado, eso puede matarnos. Nunca entendimos que la soledad eran clases privadas para amarnos y nos confundimos estudiando con otras personas.

A la espera de tus colmillos y siempre tuya,

Caperucita Roja.

CARTA # 36

05/10/2017

Querido Lobo Feroz,

Sé que tu café se acerca, pero mientras no llegue, tus labios siguen sin probar una respuesta. ¿Le has preguntado a tu piel lo que quiere? ¿Si al tequila debes tomarlo sin pensarlo, por qué te detienes cuando te ofrezco un vaso? No pretendo confundirte, sin embargo, a tu historia le faltan las hojas que yo tengo.

Con ganas de verte,

Gretel

CARTA # 37

17/10/2017

Querido Lobo Feroz,

¡Tranquilo! Sé que salí de tus líneas hace mucho tiempo. No puedo ponerle una cadena a mis suspiros y cada noche fueron a buscarte. Te extraño porque fue fácil amarnos y me acostumbré a tus colmillos. No eran heridas las que me dejaste, eran huellas. Ahora te espera un café, que quizás esté frio y un tequila no le hará nada bien a tu cabeza. Quisiera ser tu final feliz, pero prefiero leerte y sonreír a que suplicarle al tiempo, que te quite tu pasado.

Con cariño,

Blancanieves

CARTA # 38

25/10/2017

Querida Blancanieves,

Antes de tener colmillos y garras, tengo corazón y tú estás en él. Te encontré mientras le aullaba a la luna y te quedaste hasta que yo bajé mi cabeza y te miré. Nos amamos y quise negociar con mi memoria. Fue imposible borrarla y me alejé porque el dolor hay que evitarlo. Sé que tu manzana es más sana que el café, pero también sé que un final feliz no empieza con dudas ni despedidas.

Siempre agradecido,

El Lobo Feroz

CARTA # 39

02/11/2017

Estimado Lobo Feroz,

El corazón a veces es nuestro enemigo y un mal consejero. Pensamos que morimos por amor, pero realmente la eternidad no existe, aunque los recuerdos sean imborrables y la agonía es parte de la vida. Dejé a Caperucita porque en mi cama sólo estuvo su cuerpo y jamás quise que mis brazos sean su prisión. Entendí que su historia tenía otro protagonista y yo simplemente fui un actor secundario y había noches que pensaba que era un extra. A todos nos gusta el tequila, a muchos las manzanas y yo muero por un café. ¿Qué vas a tomar tú?

Con envidia, pero resignado,

Sir Robin de Locksley

CARTA # 40

11/11/2017

Estimado Dragón de Torre,

Estoy muy confundido y ya no quiero lastimar a nadie. Quisiera que mis colmillos jamás se hubieran clavado en esas historias. Debí ser el lobo malo que pelea con los tres cerditos y no buscar un final distinto al cuento. Soy vegetariano, aunque mis ganas digan lo contrario, pero las heridas que hago, también se marcan en mi piel. No me importa saber el secreto que deben contarme. Quizás ya lo sé. Tomaría el tequila hasta olvidarme de todo. Tomaría el café hasta calentar mi alma. Comería una manzana hasta sanar mi cuerpo. No hablo con Pinocho porque él sólo sabe mentir y yo ya lo he hecho demasiado. Me gustaría que ellos tengan un final feliz, aunque el mío sea sus sonrisas en otras historias.

Realmente sin salidas,

El Lobo Feroz

CARTA # 41

14/11/2017

Estimado Lobo Feroz,

Te amenazaron con balas de plata y no te importó buscarla. Siempre escuchaste a tu corazón y dejaste de usar tus garras. Juzgarte sería tragarme mi fuego y decir que yo no he quemado a nadie. Mordiste la manzana y te gustó, pero sabías que su dulzura no calmaría a tus colmillos y los clavarías en otra aventura. También recuerda que el tequila no es agua; así que, no lo puedes usar para apagar un incendio. Las historias muchas veces se cruzan sin querer y cuando pasa, una hoja vale más que un libro.

Siempre presente para escucharte,

El Dragón de la Torre

P. D. *Tu final feliz no debe ser una tortura.*

CARTA # 42

25/11/2017

Estimado Lobo Feroz,

¿Para qué quieres escribir sobre la piel, si con tus garras igual puedes dejar huellas? ¿De qué te sirve la eternidad, si no podrás vivirla? Toma ese tequila y si quieres amar, ama ese momento. Te dan hojas en blanco y tú prefieres las escritas y arrugadas. ¿Hasta cuándo serás vegetariano? Vamos a derrumbar la casa de los cerditos y terminemos en un bar. Tus colmillos te lo agradecerán. Quizás sea porque tengo el corazón de madera, pero puedes tener un final feliz cada noche.

Atentamente,

Pinocho

CARTA # 43

5/12/2017

Amado Lobo Feroz,

Tengo todos los besos para endulzar tu café. Sé que un tequila te espera y que dejaste las marcas de tus colmillos en una manzana. Quizás quieras quedarte en el bosque y seguir la vida que tenías antes de mí. Yo escribí en otro libro, pensando que el tiempo y mi piel serían mis cómplices para olvidarte. ¿Soy culpable por querer un final feliz sin ti? Hoy te extraño, porque es mi única forma de vivir. Espero que la tuya sea conmigo y si nuestra historia se quedó sin hojas, no nos apresuremos a buscar más. Tal vez esas sean todas las que nos dio el destino. Gracias a ti aprendí que la eternidad si existe, aunque no dure lo suficiente.

Más tuya que mía,

Caperucita Roja,

P. D. Si a ti te matan las balas de plata, a mí me mata tu silencio. No tardes en responder.

CARTA # 44

21/12/2017

Querida Caperucita,

Veo que tu corazón perdona muy rápido. Recuerda que tus días son más cortos que los de él y no sería justo atarlo a tu realidad. Sabes que no podrías darle un café todas las mañanas y controlar sus garras no es lo mismo que decirle a un caballero que deje su espada. Un final feliz no significa que los dos deban sonreír. Hay hojas que es mejor dejarlas en blanco.

Con cariño,

La Abuelita

CARTA # 45

30/12/2017

Querido Lobo Feroz,

Me gustaría llamarte amado, pero tus colmillos se quedaron lejos de mis ganas y la botella de tequila me sirvió para matar las noches en las que te esperaba. Sabía que tu piel tenía su nombre y tu corazón sus recuerdos, sin embargo, quería ayudarte a olvidarla. Ojalá que tu final feliz no sólo sea una hoja para recordar, sino una historia que se escribe cada día. Me despido porque con piedras no se baja a la luna y sin alas sólo se puede soñar en el suelo.

Siempre tuya, aunque sea en mis sueños,

Gretel

CARTA # 46

16/01/2018

Querida Hada Madrina,

Sé que no tengo el lápiz ni el papel en esta historia, pero no quiero leer que siguen sufriendo. Hay un tequila que yo me lo tomaría, una manzana que quiere dejar semillas en una tierra ajena y una capa roja que oculta algo. Por otro lado, está un príncipe que dejó su reino por algo incierto e intentó borrar de una piel lo que otro marcó con el alma. Para un solo final, hay muchos heridos. Al lobo lo condena su pasado y aunque sus colmillos y garras asusten, su realidad enamora. Quizás todos fueron pasajeros y a la eternidad se le olvidó que el amor debe durar para siempre. Quiero pedirte un favor y es que no alargues esta historia y que, aunque el final sólo sea un punto y cada hoja esté llena de letras, cambia cada lágrima por una sonrisa.

Con cariño,

El Dragón de la Torre

CARTA # 47

26/01/2018

Querido Lobo Feroz,

Conocí tu historia y me gustaría ayudarte. Sé que hace mucho tiempo dejaste de usar la razón y el corazón no te ha llevado a ningún lugar seguro. La tranquilidad puede ser aburrida, pero ayuda a dormir. En mi país no encontrarás tequila, ni café, ni manzanas. Tenemos tardes de té y jugamos a las cartas. Te haría bien escaparte un rato y dejar que el destino actúe solo. No es bueno forzarlo ni apurarlo. El Señor Conejo y yo te acompañaremos y será un placer compartir contigo.

A la espera de tu respuesta,

Alicia

CARTA # 48

30/01/2018

Querido Lobo Feroz,

A veces el mundo es muy corto, cuando intentas huir. Estaba jugando cartas y tomando té con la reina y me contó que Alicia te invitó a este país. La casualidad aún quiere lo que nosotros evitamos. Dejé mi botella de tequila y ahora yo también soy vegetariana. Nunca tuve colmillos, pero siempre quise dejarte marcas. Tu final feliz será mi triste principio. Pensé que te olvidaría y al saber de ti, me di cuenta que todavía te extraño.

Con cariño,

Gretel.

P. D. Una noche no tiene que durar toda la vida.

CARTA # 49

01/03/2018

Querida Gretel,

La casualidad es inocente e inoportuna. No puedes confiar en ella ni ignorarla, pero la distancia tampoco es buena consejera. Tengo la piel de lobo más cambié por amor y no quiero volver al pasado sólo por deseo. No debo decir que soy cordero ya que mis colmillos quisieran vivir en tu cuello. Dejé a mis impulsos en otra maleta y en este viaje empaqué únicamente mi corazón. Sé que una noche no tiene que durar toda la vida. Sin embargo, hay recuerdos que son eternos. Sálvate de mí, que yo de mi destino, ya no puedo.

Con cariño,

El Lobo Feroz

CARTA # 50

24/03/2018

Adorada Caperucita,

No todas las historias se escriben para ponerles un final feliz. Algunas se escriben simplemente para recordarlas. No importa el final, no importan los tachones, tampoco si hay varios personajes. Tú no debes soltar la pluma. Quizás un deseo puede cambiarte la vida, pero ninguno te asegura que será eterno. No alargues tu pregunta, si ya sabes la respuesta.

Siempre junto a ti,

El Hada Madrina

CARTA # 51

03/06/2018

Querida Gretel,

Tú quieres algo que yo perdí. No sé si todas las noches era mía o sólo dejaba su piel en la cama mientras su corazón soñaba estar en otro lado. Si él aún te escribe, tu tequila puede calentar más que un café. Si lo quitas de mi camino, el tuyo también estará libre. No somos cómplices, pero ayudar al destino a que nuestra historia sea distinta, quizás nos junte un poco. Ven esta noche a mi castillo y deja tu botella, que yo dejaré mi armadura...es muy pesada y se me enreda en las sábanas.

Con ganas de verte,

Sir Robin de Locksley

CARTA # 52

05/08/2018

Estimado Sir Robin,

Me sorprende su propuesta, aunque en este mundo todo sea posible. No confunda la libertad de mi piel con las intenciones de mi cuerpo. Quedarme con las ganas de que unas garras marquen mi espalda, no se quitan con una noche sin armadura. No pretendo que se quede en mi cama, pero si sólo quiere conocer el color de mis sábanas, ya dejé de meter extraños para que me ayuden a matar el insomnio.

Agradecida por su propuesta,

Gretel

CARTA # 53

15/08/2018

Querido Espejo Mágico,

Espejito, espejito...no todo lo dejo a la fortuna, pero me gusta jugar a la ruleta rusa y aunque no me toque la bala, yo quiero esta herida. ¿Debo dejar de soñar con la piel de alguien que tiene su corazón reservado? Le pido una noche y por otro lado a mí me piden todos los días. No tengo capa roja, ni sé preparar café. No obstante, puedo calentar el alma de otra forma. Llevo una botella de tequila en mi cartera y su maldito aroma en mi mente. Dame una respuesta porque las mías todas son iguales. Ya no sé si estoy confundida o enamorada.

Atenta a una señal,

Gretel

CARTA # 54

02/09/2018

Querida Caperucita Roja,

Alargaste tanto tu respuesta, que el lobo volvió a sus instintos. No puedes pedirle que aleje sus colmillos de donde siempre los ha tenido. Sus garras tienen más historias de las que te contó y el tequila ya se lo tomó en tu ausencia. Los tres cerditos nunca lo perdonaron y las balas de plata terminaron con su vida. Intentaste una historia con Sir Robin, pero tu corazón no la vivió. No te fijes en mi nariz y permíteme llevarte unos panes calientes para acompañar a tu café.

Siempre con la verdad,

Pinocho

CARTA # 55

08/09/2018

Estimado Pinocho,

Siento que tus palabras son sinceras pero mi historia ya tiene más de un personaje y me sobran tantas hojas en blanco, que no las llenaría en una sola noche. Agradezco tu respuesta, aunque intento ser amiga de mi soledad. Quizás mi error fue no cambiar la taza de café y a pesar de que en mi canasto también tenía manzanas, dejé que se la diera otra persona. El olvido es caprichoso y sin atajos. No puedo juzgar al lobo por su pasado porque él perdonó el mío. Quizás mi secreto esté seguro en tus manos, pero no creo que quieras venir sólo para escucharme.

Con aprecio,

Caperucita Roja

P. D. *¿Puedo confiar en ti sin verte la nariz?*

CARTA # 56

07/10/2018

Estimada Caperucita,

Anoche escuché tu historia en un bar. Jamás había visto llorar a un lobo y entendí que a veces, las lágrimas ayudan a que no duela tanto una herida. Sé que no tengo nada que ver contigo y quizás hago mal en escribirte. A mí me están buscando y no quiero que me encuentren. Aunque me amen a la distancia, prefiero ser un recuerdo y alejarme, a que estar presente y escaparme todos los días. Tu secreto no te condena y ese lobo lo entendería. Calienta ese café y olvídate del pasado. No todo final feliz empieza con un arcoíris.

Saludos cordiales,

Un Unicornio Azul

CARTA # 57

02/11/2018

Querida Gretel,

Conversé con tu destino. Me gustó tanto lo que me contó, que nos emborrachamos en tu nombre. Debes esperar y no taparle los ojos al corazón para darle a tu piel lo que te pide. Sigue con la idea del tequila...cada quien conquistará a su manera y si yo fuera el lobo, ya iría por la quinta botella contigo. No todos los deseos son para vivirlos. Hay historias que tienen personajes contados y aunque vean que al final van a quemar el libro, escriben hasta la última gota de tinta. Sé paciente que la soledad no mata.

Confiando en tus buenas decisiones, me despido afectuosamente.

Con cariño,

El Espejo Mágico

CARTA # 58

21/12/2018

Amada Caperucita,

Te llamo amada porque el tiempo también se enamoró de ti y jamás me dejó olvidarte. Una manzana endulzó mis colmillos, pero no puedo borrarte, aunque te confieso que me ayudó. Te han contado tanto de mí, que no te sirvió escapar. Tuve miedo de perderte y sin saber si aún te tengo, no quiero alejarme. Calienta ese maldito café que nos debemos una historia. Mis garras están en tu capa, así como tus besos en mi espalda y pueda que no tengas colmillos, pero sabes dejar tus marcas.

Eternamente tuyo,

El Lobo Feroz

CARTA # 59

30/12/2018

Querida Abuelita,

No todo del pasado se olvida. Siempre guardamos las hojas que más nos gustaron de cada historia y las nuestras las llevo en mi bolsillo. Yo también me aferro a lo imposible y aunque no tenga colmillos ni garras, no soy vegetariano. Si no creyera en los milagros, Pinocho aún sería de madera. Deja que el Lobo hable con Caperucita. Merecen otra oportunidad. Nosotros nunca solucionamos nada y una cobarde despedida no es un ejemplo para ellos. No te juzgo por estar con el cazador y perderte en el bosque. Yo quise olvidarte y el Hada Madrina me enseñó que la piel no envejece, si la calientas con el alma. Si no supimos cuidarte, ayudemos a que otros si lo hagan. El amor es la ilusión que no se gasta con la rutina y he visto esa magia cuando ellos se miran.

Con cariño,

Gepetto

CARTA # 60

27/01/2019

Amada Caperucita,

Mis planes eran marcharme y darle a mi vida todo lo que perdí contigo. Tenía las maletas listas y me esperaban en la estación. No podía odiarte porque sabía que lo tuyo no era amor. Mi piel se encontró con la tuya y tus ganas de olvidar te empujaron a mi cama. Yo simplemente aproveché cada momento. Siempre había una excusa para tus lágrimas y aunque yo sabía la verdad, prefería creer tus mentiras. Tu corazón era frío y tus besos eran más cortos que tus palabras... Dejé que te vayas de mi castillo, pero jamás te superé. Seguí tu ejemplo y busqué otras plumas para escribir historias cortas. Me hubiera gustado que tus huellas sean una lección que fallé. Quisiera saber de ti y si te sobra una taza de café; tengo el lugar perfecto para compartirla.

Atado a tu recuerdo,

Sir Robin de Locksley

CARTA # 61

10/02/2019

Lejano Lobo Feroz,

Nunca pude engañar al tiempo. Traté de olvidarte, pero fui una ilusa que quiso embriagar al destino y se quedó con una botella llena y un corazón vacío. Si tu piel decide equivocarse, avísame para pecar contigo. Sé que te repito las líneas de siempre. Sé que tu pluma no tocará mis hojas, aunque mis suspiros hayan escritos más de lo que tú puedas leer. Quisiera desearte suerte y que ese café sea tan bueno, que jamás vuelva a escuchar de ti. ¿Está mal creer que amamos lo que soltamos? Yo también compré una bala de plata para matarte, más al conocerte, la que murió fui yo.

Con ganas de ti,

Gretel

CARTA # 62

21/03/2019

Querida Gretel,

Cada línea debería quedarse en mi pluma, pero tú haces que salten al papel. Siempre me gustó el tequila, aunque mi alma se moría de frío. No sirve de nada calentar la piel, si no vivimos en la cama y odiamos los domingos. No llegaste tarde, pero tampoco puedes esperarme. Tantas balas de plata que apuntan a mi cabeza, hacen que cuide mis días. En el intento de olvidar, probé una manzana. Quizás debí intentar con el tequila. Soy preso de un capricho o un simple lobo que sueña con ser un caballero. No puedo detenerte y aunque me arrepienta, si la soledad es mi única compañía, prefiero mantener la distancia. Quizás no sea lo más sensato a pesar de que sea lo más justo para los dos.

Con temor a equivocarme,

El Lobo Feroz

CARTA # 63

26/05/2019

Mi dulce Caperucita,

Siempre te miraba desde la ventana. Cada vez que te perdías en el bosque, me inventaba un nuevo santo porque ya no sabía a quién más rezarle. No apoyé tu loca idea de buscar al lobo y compré varias balas de plata para cambiar tu destino. Me costaron todas mis lágrimas entender que el amor no tiene lógica. El destino se enamoró de ustedes. Guarda tu secreto, que la verdad a veces asusta. Ojalá que ese café llegue pronto. No pretendas que el tiempo no te borre, si sólo te conformas con ser una huella.

Con todo mi amor,

La Abuelita

CARTA # 64

06/07/2019

Estimado Sir Robin de Locksley,

Se está cerrando la puerta y nos quedaremos sólo con los recuerdos. El final no nos invitó a la última hoja, pero nosotros podemos alargar el cuento. Sé que usted ama a Caperucita y yo cambiaría mi soledad por un tequila o una manzana. Ya las balas de plata no sirven para mi plan. El lobo se disfrazó de oveja y ahora todos lo quieren. Le robé al Hada Madrina una pócima que podría ayudarnos. Si le interesa que su castillo tenga aroma de café todos los días, estaré en el bosque esperando su respuesta.

Saludos cordiales,

Pinocho

CARTA # 65

31/08/2019

Lejano Lobo Feroz,

No pretendo sumarme a tu vida, pero si quiero salvarla. Mientras dormía mi corazón le vendió mi piel al olvido. Me costó arrancarte de mis deseos y mi imaginación le puso tu rostro a mis pecados. Entre camas y tequilas, acepté una invitación de Pinocho y tiene un plan en tu contra. Desde mi ventana lo vi hablar con Sir Robin. Necesito contártelo todo. No es una trampa para verte. Aprendí a respetar los errores de otros y aunque sé que ese café no te bastará para borrarte los instintos, tus colmillos no merecen morir por la envidia de terceros.

Sin botella, pero con noticias,

Gretel

CARTA # 66

19/10/2019

Amada Caperucita,

Ya no sé si ese café es un error. Tú con tus secretos y yo con mis días contados, creo que nos debemos un final distinto. No necesitas saber lo que dejé por esperarte. Basta con decirte que te amo. Aunque tu piel te llevó lejos, tu corazón aún latía junto al mío. Nos burlamos de la distancia, pero el tiempo tuvo la última palabra. Ya pusieron algunas líneas en tus hojas. ¿Por qué no terminas de llenarlas en el castillo? Me duele tanto perderte, que prefiero olvidarte. No íbamos a tener un final feliz. Dile a tu sonrisa que no la traicioné. Guarda una bala de plata en tu canasta. Tal vez te toque cortar la agonía del silencio con un disparo a los recuerdos.

Siempre tuyo,

El Lobo Feroz

CARTA # 67

30/11/2019

Estimado Lobo Feroz,

Para ser villano hay que saber, qué es lo bueno y hacer lo contrario. Ya dejaste que tu alma vuele. Ya dejaste que tu corazón sueñe. Ya sabes que no eres de acero. ¿Para qué quieres ser eterno en un cuento, si puedes ser el personaje de varios? Toma tequila, emborracha a la noche. Te invito a mi barco a buscar sirenas. No le quites a tus garras, lo que tu instinto te pide a gritos. Dale a tus colmillos más motivos para odiar a la monotonía. Somos malos, pero vivimos bien. El destino nos pone en el camino para que aprendan. No trates de ser esa piedra que forma parte del castillo.

Tan malo como tú,

Capitán Garfio

CARTA # 68

31/12/2019

Amable Capitán Garfio,

Creo que alejarme sería lo mejor. ¿Alguna vez quiso quedarse a vivir en un puerto? ¿Alguna vez sintió que el corazón tiene más tesoros que un cofre? Sé que no soy vegetariano y que en mi sonrisa pueden ver mis colmillos. Jamás conté mis víctimas hasta que una me cazó. Podemos tomar ron, perder la memoria y acostarnos con sirenas. Quizás entre más aventuras, menos quiera volver, pero sólo un café me separa de un final feliz. Ya me cansé de mis errores y subirme a su barco sería uno más. Agradezco su propuesta, más el destino me gusta imaginarlo con ella. No puedo borrar mi historia, pero sí, dejar de dañar tantas hojas.

Cordialmente,

El Lobo Feroz

CARTA # 69

29/03/2020

Estimado Lobo Feroz,

La vida no siempre nos pone a los mejores abogados y pagamos un error como si fuera una cadena perpetua. Ser rey significa conocer el infierno y saber que el fuego no son cadenas e ir al cielo sin enamorarse de las nubes. Al hablar de garras, colmillos y huellas, tengo historias que se parecen a las tuyas. No podré salvarte de una bala de plata, pero puedo quitarle peso a tu conciencia. Tienes mis servicios, si quieres un juicio. No todo está perdido, aunque ya no tengas nada.

Con ganas de ayudarte,

Mufasa

CARTA # 70

27/06/2020

Estimado Mufasa,

No quería saber del mundo. Estaba en mi cueva para no lastimar a nadie. Recién veo tu carta y un juicio sería perder el tiempo. A veces pienso que debí aceptar ese tequila y decirle a mi corazón que confíe en mi piel, pero el tiempo jamás me ayudó a olvidar. No tenía más hojas para seguir escribiendo aventuras. Sé que en la vida ser lobo es ser culpable. Quizás ser bueno es tan sólo una utopía y aunque no todos tengan garras, las acciones causan más heridas. Al principio moría por un café. Ahora a mi alma ya no le importa el frío. A veces el final feliz es tan triste, que el único consuelo es haber formado parte de esa historia.

Resignado al dolor,

El Lobo Feroz

CARTA # 71

07/11/2020

Querida Hada Madrina,

¡Me enamoré! Desde el día que la conocí, empecé a buscarte para que me conviertas en un niño de carne y hueso. Tengo un corazón de madera y siento que late cuando ella está junto a mí. Aún no se lo he dicho, pero creo que si le gusto. Prometo no arrepentirme y ser un buen niño. He visto al Lobo Feroz y como ha cambiado para estar con Caperucita. Quizás me rompan el corazón y esto sólo sea una ilusión, más prefiero vivirla a que olvidarla mañana porque nunca pasó. Sé que soy de madera y tengo la ventaja de no sufrir. Simplemente me cansé de compartir mi futuro con la soledad.

Atento a tu respuesta,

Pinocho

CARTA # 72

19/03/2021

Querida Gretel,

La casualidad quiso que te escriba. Hace un mes estoy alquilando un departamento en la casa de jengibre. La bruja me contó que cuando eras niña viviste con tu hermano aquí unos días. Escaparon, y luego volviste después de varios años. Te diste cuenta que la bruja no era tan mala. Me enseñó dónde guardabas tu tequila. Disculpa por esconderme de ti, pero mis garras pueden traicionarme. Recuerda que mi corazón está embrujado y sólo tienes mi piel para que te acompañe. La soledad a veces te da malas respuestas y no quiero que seas mi error. Comer esa manzana hizo que extrañe esa taza de café y tú mereces más que unas cuantas noches. Me gustaría ser un cazador otra vez y no preocuparme por mis víctimas.

Perdido y sin ideas,

El Lobo Feroz

CARTA # 73

29/04/2021

Deseado Lobo Feroz,

Pasaron muchas botellas hasta que tú llegaras, incluso siguieron pasando mientras tú estabas. A veces las tomaba sola y otras veces acompañada. Jamás entraron por la puerta de mi casa. La zona de guerra era mi cuarto y nos metíamos por la ventana, pero siempre cambiaba las sábanas por si decidías venir. Disculpa por no decirte que te amo, sólo que mi piel habla otro idioma. Quizás sea para protegerme o porque sé que esas historias de amor nunca tienen un final feliz. Yo no quiero escribir un libro eterno. A mi sólo dame una hoja ciertas noches.

Con ganas de verte,

Gretel

CARTA # 74

10/09/2021

Distinguida Guardia Real,

Necesito que vayan al bosque y capturen al Lobo Feroz. Sé su escondite y conozco sus intenciones. No creo que sea vegetariano y pueda que ataque a más personas. Quise darle una oportunidad para que se vaya, pero insiste en quedarse. Esconde sus garras para no dejar huellas y no es más que un desesperado fugitivo. La vida le puso una botella de tequila en la mesa y él se levantó para robarme lo que yo había conquistado. No hay revanchas si desconectas la memoria. Enciérrenlo en una celda y destruyan la llave, que requiero escribir un nuevo destino y mi amada debe olvidar su pasado para volver a soñar.

Atento a sus acciones,

Sir Robin de Locksley

CARTA # 75

30/12/2021

Amado Lobo Feroz,

¿Aún puedo llamarte así? Ya no sé si una taza de café caliente sea suficiente para tener un final feliz. Hemos cambiado tanto nuestro camino, que nuestra historia parece que la tuvimos en otra vida. Si mi verdad no te gusta, no creo que te agrade mi mundo y por eso temo contarte mi secreto. Quizás escaparme con Sir Robin sea mi única salida, pero quisiera saber si tienes otra opción para mí. Me gusta soñar que me rescatas de la torre, aunque ese no sea nuestro cuento. Entenderé si no respondes mi carta. Mi abuelita habló con la Guardia Real y decomisaron todas las balas de plata del pueblo. Ya puedes caminar tranquilo.

En esta vida y en todas las que tenga, siempre tuya,

Caperucita

CARTA # 76

24/07/2022

Confundida Caperucita,

No debes de tener miedo por tu secreto. Cuando salí del océano lo peor que hice fue ocultar mi cola y creer que por usar un bonito vestido borraría mi pasado. Hablaré con el capitán para que lo invite al Lobo a tomar unas cervezas. El alcohol siempre ayudó al mundo a decir la verdad. Sé que la Guardia Real otra vez lo está buscando y pusieron un precio por su cabeza. Sir Robin se rehúsa a perderte y su amor por ti lo tiene ciego. Apresura tu marcha y abandona el bosque o dale a esta historia ese maldito café que tanto se lo merecen.

Empujando a la verdad,

La Sirenita

CARTA # 77

23/05/2022

Apreciado Esquejito Mágico,

Sabemos que la razón debe manejar a nuestras ideas, pero los impulsos gritan tanto, que uno termina escuchándolos y virando al lado equivocado. Con Pinocho debí tirar la toalla hace mucho tiempo, más le prometí a su Hada Madrina que lo cuidaría siempre. Da pena cuando nuestros consejos los tiran a la basura. Sin embargo, claudicar es de cobardes. Luchemos esta batalla y hagamos que esta historia tenga un final feliz. Dile a Caperucita que cuente su secreto, que yo haré que el Lobo la busque.

Con la fe intacta,

Pepito Grillo

CARTA # 78

07/06/2022

Distinguido Pepito Grillo,

El bosque es un pañuelo y ya me enteré que quiere ayudar a Caperucita e incluso prendió una hoguera para que caliente su café. ¿Realmente cree que sus consejos son los adecuados? ¿El amor siempre debe durar tanto? Hable con el Lobo y quédese en su oreja repitiéndole que un tequila tiene más aroma que un café. No se quemará las manos, pero le calentará el alma. Yo me encargo de Pinocho por una noche y usted consígame a mi Lobo por un momento. No le pondré candado a la puerta pues sé que volverá a mi cama para repetir sus errores.

Confiando en una respuesta positiva, me despido amablemente,

Gretel

CARTA # 79

12/07/2022

Querida Gretel,

Sin querer leí el diario de Pinocho y tengo miedo de que cometa mis errores. Sir Robin ama de una forma mezquina a Caperucita y tiene un plan para alejarla de su verdadero amor. Yo también me emborrachaba y terminaba en camas que no recordaba como aparecieron. Perdí muchas mujeres por estar buscando a otras. La soledad me estaba matando y ya no tenía fuerzas ni ganas para reconciliarme con las buenas decisiones. Siempre quise ser padre y mi sueño me dio una nueva oportunidad de ser feliz. Simplemente te quiero decir que el destino nos da oportunidades y quizás tu camino no está en este bosque. No confundas a Pinocho ni enamores al Lobo. Sabes que tus pies son ligeros y con el tequila no puedes alimentar al corazón. Recuerda que tu piel tiene fecha de caducidad.

Con mucho respeto,

Gepetto

CARTA # 80

03/08/2022

Confundido Pinocho,

Mi rebeldía me llevó por malos caminos y sé lo que se siente que todo te digan cómo hacerlo. Escucha a tu conciencia. La mía fue Doris y me ayudó mucho, aunque aún así la lastimé. Puedes perderte una noche con Gretel si quieres o pelear contra el Lobo por ego. Lo único que te pido es que vayas por el camino correcto. No busques atajos, no pises ni engañes a nadie. Deja ese plan que tienes con Sir Robin. Eres distinto y eso no te resta oportunidades. Con mi aleta feliz crucé todo el océano y me contaron tu historia. Esfuérzate y si quieres amar, conquista. Si quieres ganar, pelea.

Un amigo a la distancia,

Nemo

CARTA # 81

17/08/2022

Apreciado Lobo Feroz,

Puedo llevarte a otra galaxia para que empieces una nueva vida. A veces poner el cronómetro en cero es la mejor solución. Deja tus problemas en este bosque y olvídate del tequila, el café y las manzanas. Podemos comprar unas cervezas para llevar en mi nave y al llegar, tengo varias amigas que mueren por conocerte. Yo también vine a este extraño mundo y aunque tengo buenos amigos, no me ha ido bien en el amor. Una linda vaquerita me ilusionó, pero al destino se le escapó el pequeño detalle de enamorarnos. Luego intenté ser feliz con una cuidadora de ovejas, que me hablaba mal de los lobos y a pesar de esforzarme, tampoco funcionó. Marcharnos no es una salida de cobardes. Si podemos ayudarnos a tener un final feliz, vayamos a la nave espacial y salgamos de este mundo.

Con ganas de apoyarte,

Guardián Espacial Buzz Lightyear

CARTA # 82

19/09/2022

Querida Caperucita,

La cordura no te ha llevado a ningún lado en el que quieras quedarte. ¿Por qué insistes en hacer las cosas bien? Alicia puede enseñarte muchos trucos y yo puedo ayudarlas a que ustedes pasen en las nubes. Tengo un material especial que lo mezclamos con el té. Siendo loco paso muy relajado. A este mundo le sobran las buenas intenciones y aunque no sepa cuál es tu secreto, nada debe alejarte de un buen momento. La Reina tiene reglas estrictas, pero con la liebre conocemos unos lugares donde los límites no existen. Empaca tus cosas y olvídate del Lobo. Sus garras no podrán alcanzarte y tu felicidad te lo agradecerá. La hora del té nos servirá para planear nuestra huida. Dime si pongo una taza más en la mesa.

Atento a tu respuesta,

El Sombrerero Loco

CARTA # 83

09/10/2022

Amado Lobo Feroz,

Es imposible no querer buscarte y contigo la vida me enseñó a que no todos los sueños se cumplen. Tardé en comprender que nunca fuiste mío y no tengo rencores. Esta carta es para despedirme. Puse unas manzanas en mi canasta y mi dignidad en mi cartera. Nunca abusaste de mí, pero me encantaba perderme en tus garras. Eras ese error que tenía sabor a prohibido. Llegarás muy tarde a ese café, si sigues esperando al destino. Aunque seas vegetariano, recuerda comer carne. Ya no estaré en tu menú y me duele saber que tus colmillos rasgaron mi alma. Serás esa historia que cuente borracha. Gracias por intentarlo. Quizás me vaya del bosque. No quisiera verte porque sé que jamás sanaré.

Con todo mi amor,

Blancanieves

CARTA # 84

01/11/2022

Estimado Capitán Garfio,

¿Todavía sigue en pie su propuesta? Me invitaron al espacio, pero si me arrepiento será imposible regresar al bosque. La idea de las sirenas y el ron dan vueltas en mi cabeza. Quizás nunca seré vegetariano y todo este tiempo tan sólo me he engañado. Ya no quiero lastimar a inocentes y sé que los que juegan con fuego no le temen a las heridas. De todos los consejos el suyo puede ser el peor, mas ya no me quedan vidas para descubrirlo. Mañana una bala de plata puede quitarme los sueños. ¿Con cuántas botellas de ron llegaremos a un puerto seguro? Me cansé de prender velas para que se cumpla mi milagro. Pensé en usar guantes y ahora sólo quiero dejar libre a mis garras.

Con la maleta ya hecha,

El Lobo Feroz

CARTA # 85

23/11/2022

Querida Caperucita,

Mi mayor virtud es no olvidarme de cosas importantes. Siempre en una pizarra en blanco, te salen mejores los dibujos. Me aprendí una dirección a Australia, no obstante, no recuerdo si mi corazón ha amado. A ti no te encerraron en una torre, ni te hicieron dormir por siempre. ¿De qué te quejas? En el bosque te cuidaron siete enanos. Al igual que a Blancanieves, ellos cuidan a las mujeres indefensas del bosque.
¿Por qué te aferraste al peligro? Crucé el océano siguiendo un sueño que no era mío. ¿Vivirás tu vida o sólo leerás finales felices? Soy amiga de unos tiburones, si te gusta el peligro, podemos salir a cenar con ellos.

Dispuesta a rescatarte,

Doris

CARTA #86

26/11/2022

Distinguido Señor Lobo Feroz,

Nosotros esperábamos a un príncipe y cuando usted llegó, fuimos los primeros que compraron balas de plata. No vamos a juzgarlo por su pasado. Ninguno pude aportarle ilusiones a esta historia, pero entienda que Caperucita es nuestra responsabilidad. El secreto que usted aún no sabe, le quitará su sonrisa. ¿La seguirá amando, aunque la realidad se tropiece con sus miedos? Conocemos a los tres cerditos y hasta dónde las nubes son grises. ¿Estaría dispuesto a trabajar en la mina? Cruzamos los dedos para que usted sea el indicado. Al menos con un detalle, díganos que podemos confiar en usted.

Asustados por el futuro,

Los siete enanitos

CARTA # 87

23/12/2022

Querida Caperucita,

Disculpa por no contestarte antes, pero estaba de vacaciones y tan pronto saqué la correspondencia del buzón, vi tu carta. Recuerda que viví presa en una torre y el amor llegó a mi vida de casualidad. Me arriesgué a enamorarme de un ladrón y hoy es un noble caballero. Me corté el cabello y empecé una nueva vida. Lanza esa canasta y corre a los brazos del Lobo. Deja de calcular todas las probabilidades y calienta ese café. El próximo mes iremos al bosque y me gustaría verlos juntos. Si quieres, yo organizo la boda.

Con ganas de que seas feliz,

Rapunzel

CARTA # 88

07/01/2023

Estimado Lobo Feroz,

Ya retiramos todos los papeles del bosque en los que se detallaba que había una recompensa por tu cabeza. Caperucita te contará su secreto y está en ti el paso que des. Con la Abuelita decidimos irnos al mundo de Alicia. Necesitamos un poco de locura en nuestras vidas. El Conejo y el Sombrerero nos invitaron a tomar el té, aunque yo llevo mi botella de whisky en la maleta. Permíteme llamarte hijo, aunque no sepa lo que harás. Tardé en comprender tus intenciones y me ayudaste a descubrir que los errores no sólo son piedras en el camino, sino lecciones que nos ayudan a madurar.

Atento a tu historia,

El Cazador

CARTA # 89

20/01/2023

Querida Gretel,

Tu tequila no fue el error. Dejaste de escuchar a tu piel y por primera vez tu corazón habló. A la persona equivocada, pero le habló. Empezaste a soñar y le diste sentido a tus días. Abandonaste el tour de las camas y te quedaste en la tuya, esperando a que el Lobo llegue. Elegiste mal. Sin embargo, lo intentaste varias veces. Eso también es amor y hoy vengo para proponerte que me preguntes tres cosas que quieras saber. No habrá secretos así que piensa bien tus preguntas. Lo hago para ayudarte porque sé que eres una gran mujer. Si yo pudiera, me tomaría tu tequila y compraría más botellas para que las abramos el resto de nuestras vidas.

Siempre dispuesto a darte una mano,

El Espejo Mágico

CARTA # 90

02/03/2023

Querido Lobo Feroz,

Al llamarle así, créame que lo digo con sentimiento, aunque yo no tengo corazón. Junto a unos amigos estamos buscando al Mago de Oz y se me ocurrió que usted puede sumarse a nuestra aventura y pedirle una oportunidad con Caperucita. Quizás el destino ya cambió de planes y le compró boletos en otro tren. Yo hubiera tomado el tequila porque no tengo corazón para luchar por alguien y a veces pienso que es una ventaja, pero si quiero enamorarme. Mañana pasaremos por el bosque y si usted lo desea, puede acompañarnos en nuestra aventura. No se preocupe del tiempo, que, si ella es para usted, sabrá esperarlo.

Atento a su respuesta,

El Hombre de Hojalata

CARTA # 91

16/03/2023

Distinguido Hombre de Hojalata,

No sé si usted deba sumarse a esa aventura. Tener corazón no le garantiza que será feliz. ¿Busca sufrir? Creo que yo prefiero sacar nuevamente mis garras y dejar heridas por el mundo. Comí manzanas y esquivé tequilas, pero sólo una vez sonreí. Le daba a mi piel lo que me pedía y la única vez que mi corazón habló, destrozó mi vida. Sólo soy un lobo que un día fue carnívoro y hoy le apuesta a la cordura. Aposté todas mis fichas porque si gano esta partida, me retiro millonario. No me asustan las balas de plata porque morir es parte del plan. Lamento no sumarme a su aventura, pues el tiempo es corto y no quiero perder a Caperucita. Ya los siete enanos me vendieron una propiedad cerca de la mina y empecé a comprar muebles para no escuchar el eco del silencio.

Agradecido de su propuesta,

El Lobo Feroz

CARTA # 92

24/03/2023

Amable Espejito Mágico,

Tengo las preguntas en mi cartera, más prefiero que el tiempo me las responda. Sé que con usted iré directo al punto, pero prefiero soñar. Quizás no me gusten las respuestas y me empeñe a cambiar el destino. Amo tanto a mi lobo, que prefiero ser ciega. Lo intenté con Sir Robin a pesar de que me congelaba en la cama. Guardo su propuesta para cuándo quiera saber el futuro de mis hijos. Salí al bosque y en mi canasta recogí maderas y carbones para prender una hoguera y calentarme junto a alguien. Me lanzo al futuro sin respuestas, aunque ya no quiero caer porque mis rodillas no aguantarían otro error. Quizás deba soltar mi botella de tequila y aprender a preparar sopas calientes. Hay recetas que enamoran.

Ya sin aliento,

Gretel

CARTA # 93

02/04/2023

Estimado Lobo Feroz,

Me dirijo a usted porque Ariel me contó su historia. Siento que debo ayudarlo. Días atrás vi que Caperucita nos visitó en el palacio y me dejó preocupado ya que la vi llorando demasiado. Luego mi esposa me explicó todo. Amigo mío, todos tienen oportunidades para cambiar y si usted ya es vegetariano, entienda que ella también tiene un pasado. Ariel dejó su mundo para acompañarme en el mío y eso hace que la ame más, pues valoro su esfuerzo. ¿Si usted ya vivió tantas aventuras y salió vivo de tantas cacerías, piensa que morirá por una simple noticia? Acepte ese café y más que nada, acepte ese secreto. La felicidad es muy corta, si se basa en mentiras. Si no me cree, pregúnteselo a Pinocho.

Con ganas de ayudarlo,

El Príncipe Eric

CARTA # 94

09/04/2023

Distinguida Guardia Real,

Decomisen todas las balas de plata del reino y prohíban el ingreso de armas a los extranjeros. La deuda que tengo con el Lobo, se la vendí al destino. Recibiré pagos de paz en mi larga vida. El castillo en el que estaba con Caperucita la pondré en alquiler así que peguen un anuncio en cada árbol. Gracias por siempre estar dispuestos a servirme. Serán bien recompensados. Ahora necesito encontrar al Lobo, pues recordé que soy un caballero y debo actuar como tal. Las cruzadas y la muerte de mi padre me enseñaron varias lecciones y por obligar a que me amen, las estaba olvidando. Haré una gran fiesta y todos ustedes están cordialmente invitados.

Atentamente,

Sir Robin de Locksley

CARTA # 95

14/04/2023

Pintoresco Pinocho,

Ya he perdido tanto, que enamorarme me suena a un mito, pero si usted quiere arriesgarse, conozco varios abismos para lanzarnos. Tenga claro lo que quiero y sepa que si le doy una oportunidad es para que saque la bola del estadio. Compremos unos pasajes y vámonos a Cancún. Allá hay tanto tequila, que desayunaremos en las nubes. Cumpla pronto los requisitos para que deje de ser de madera. Necesito hundirme con usted en el mar. Sé algunos trucos y si no le importa mi pasado, lo invito a mi presente. Si quiere ayuda, el Espejo Mágico me debe un favor. No prometo que nos perderemos de amor. Lo único que sé es que lo llevaré varias noches al paraíso. Traiga un lápiz y una hoja, que esta historia debemos escribirla.

Con ganas de vivir,

Gretel

CARTA # 96

29/04/2023

Estimados siete enanitos,

Al bosque ya llegó la noticia que la construcción los llevó a crear una empresa inmobiliaria. Necesito vender la casa de la Abuelita en el bosque y buscamos comprar un departamento en la cuidad. Ya todo está siguiendo su rumbo y nosotros debemos partir. Caperucita aceptó contarle su secreto al Lobo y pronto tomarán ese café. Jamás me imaginé dejar mi escopeta y dedicarme a cuidar a la mujer que amo. Eso es lo mágico del destino. Nos abre puertas donde sólo veíamos paredes. Vendrán los nietos y queremos recibirlos como se lo merecen.

Atento a su respuesta,

El Cazador

CARTA # 97

01/05/2023

Estimado Lobo Feroz,

Nos costó creer que usted era sincero. Incluso cuando trabajó con nosotros, teníamos nuestras dudas y justamente por eso lo contratamos. Para tenerlo cerca y ver sus movimientos. Aprendimos que el amor es ese carbón encendido y quizás a veces sólo cenizas que pueden calentar el alma. La hoguera no se mantiene en el tiempo, si todos los días llueve. Su techo es la esperanza y usted la tuvo siempre. Jamás hemos visto a Caperucita tan feliz. Fue a la cocina y eligió la taza más bonita para tomar el café con usted. Ojalá que puedan escribir un lindo futuro. Si nos lo permite, les regalaremos una hermosa casa para que puedan empezar la historia que todo mundo quiere leer.

Ansiosos por su respuesta,

Los siete enanitos

CARTA # 98

13/05/2023

Distinguido Espejito Mágico,

Gratamente puedo decir que hicimos un gran trabajo. No sé si comprar mi smoking para la boda o esperar a la respuesta del Lobo. La razón es muy frágil, si las ganas de hacer lo incorrecto invaden la mente. Ser la voz de la conciencia es tan complicado, que a veces dan ganas de renunciar. Me comprometí ayudar a Gretel pues ella dejó el tequila y ahora prepara sopas calientes. Si algo hemos aprendido de esta historia es que siempre se puede cambiar. No aceptó tu propuesta y eso habla bien de ella. Sé que el príncipe Encantador te secuestro y me alegra verte libre. Todos buscan las respuestas con atajos. Si supieran que las heridas y los errores son necesarios, no le temerían tanto al fracaso.

Siempre a tu lado,

Pepito Grillo

CARTA # 99

16/05/2023

Amado Lobo Feroz,

Cuanto me llena el alma llamarte así. Te contaré mi verdad porque es la única forma que puedo amarte sin que me pese la lengua y la conciencia. No siempre use una capa roja ni tampoco pasaba todas las noches en mi casa. Yo también fui una loba y a todas mis víctimas les dejaba una huella. Me gustaba la carne e iba por un camino que me llevaría al ocaso. Un día en el que tenía más alcohol que sangre en las venas, toqué el fondo y lloré tanto, tanto, que me visitó el Hada Madrina. Casi sin conciencia le pedí que me dé otra oportunidad y al despertar, lo hice en la casa de mi abuelita y en la silla había una canasta con manzanas y una capa roja. Fui lo que tú eres y conozco tus pasos. ¿Estás dispuesto a perdonarme por ocultarte mi verdad? Si es así, te espero en bosque junto al árbol donde nos dimos el primer beso.

Atenta a tu respuesta,

Caperucita

CARTA # 100

25/05/2023

Inolvidable Caperucita,

Tu respuesta no me asusta. Mas bien, le da sentido a todas mis dudas. Conocías lo que haría antes de que pase y todos mis trucos ya estaban en tu lista. Discúlpame por darte motivos para que busques otros caminos. Jamás me hubiera perdonado perderte, pero era lo más probable. Ya no sé si quiero que saques tus garras y me enseñes lo que sabes o quedarme con la duda y pedirte que seas mi hogar. Me encanta tu secreto porque me da la tranquilidad de que no fuiste una víctima, sino una cazadora que se dejó cazar. Me perdonaron la vida así que te la doy para que me la cuides. Te amaré tanto, que soñar será la única forma de estar despierto.

Infinitamente tuyo,

El Lobo Feroz

...y vivieron felices para siempre porque guardaron un poquito de esperanza y entre tantos cambios de planes, querían que el final fuera el mismo.

Muchos personajes se quedaron con ganas de tener su propia historia y salieron de los libros en los que estaban encerrados y empezaron a seguir sus sueños.

Quizás así tiene que ser la vida y aunque lo incierto jamás te firme una carta de garantía, lo habitual no te asegura un contrato justo.

Índice

©**Cartas perdidas de una historia olvidada**
©Xaboss
ISBN: 97862895981-0-0
Diseño y edición: Ediciones Grainart
Diagramación: Xavier Camacho,
Ediciones Grainart
Revisión: Mónica Patricia Ossa Grain
Fotografía caratula:
https://leonardo.ai/
Ediciones Grainart
edicionesgrainart@gmail.com
Contacto: 3148685940
http://fundaciongrainart.blogspot.com/

Impreso y hecho en Colombia

Made in United States
Orlando, FL
18 April 2024

45943667R00071